مجموعة قصصية

قصص الدمى 2

د. جُمان الريحاني

إهداء..

إهداء إلى عشاق عالم الدمى

إلى عشاق الدمى

إلى كل من يحب القصص من عالم الدمى الجميل

إلى عالم الخيال

جمان الريحاني

الدمية

بيت الشيطان

توصلت فتاتان إلى فكرة رائعة وهي تخدم شغفهما وهوايتهما وأيضا تجلب لهما المال.

لقد كانتا تحبان صناعة الدمى ومن أجل أن تكون عملية بيع الدمى سهلة قررتا أن تقوما بإلقاء لعنة على الدمى لكي تجلب لنفسها الزبائن.

كانت فكرة الدمى التي يبيعونها هي أنها دمى اقرب للأطفال بكثير من كونها مجرد دمى.

لقد كانت الدمى التي يصنعونها دمى تشبه الأطفال الرضع والأكبر قليلا من اصغر سن وحتى سن السنتين.

تلك الدمى كانت تقريبا بشرية من حيث ملمس الجد أو الخامة المصنوعة منها وأيضا من حيث تفاصيل الوجه والجسم والملامح.

لقد كان العمل جدا متقن ولكن الأمر الغريب هو أن الدمى كانت أحيانا تظهر وكأنها حية.

لم يكن ذلك مجرد وهم بل لقد كانت الدمى في حالة من الحياة، ليس الأمر غريب بل هو أمر سحري ويرجع إلى الشعوذة والتعويذة التي قامت البنتان بإلقائها على مشروعهما.

كان التسويق جيد والإعلانات رائعة والجمهور المستهدف لم يكن الأطفال بل كانت دمية للفتيات الأكبر سنا وأيضا النساء.

لقد كانت الدمية المثالية كطفل يمكنك أن تتعلقي به وان تحبيه وان يكون هادئا ولا يزعجك بأي شيء.

إنها الدمية حلم كل امرأة لا تريد أن تعاني من تعب ولا تريد أن تتحمل مشاق الحمل والولادة.

إنها الدمية حلم كل أنثى لا تستطيع أن تنجح في علاقتها بالرجل أو لا تجد رجلا قد يساعدها في عملية الحمل والإنجاب وان يقف بجانبها.

إنها الدمية الملكية الخاصة بمجرد أن تدفعي ثمنها تصبح لك بالكامل ولا يشاركك فيها احد، بلا وصاية مشتركة ولن يتجرأ أحد أن يحرمك من دميتك طفلك أو طفلتك.

إنها الدمية التي تحددي جنسها قبل شرائها ويمكنك أيضا أن تختاري عمرها وتفاصيل وجهها وجسمها.

يمكنك أن تختاري أي شكل تريدينها وأيضا لون البشرة وعرقها.

لون العيني الشعر الطول والوزن.

إنها دمية الأحلام.

دمية الأحلام بكل المعايير بل هي طفل الأحلام وليس فقط دمية.

إنها طفل لا يبكي.

طفل لا يلوث ثيابه فلا داعي لتغيير حفاظاته ولا داعي لهدم المال على الحفاظات.

طفل لا يكلفك الكثير من الرضاعات ولا إهدار المال على الحليب ولا السهر لساعات طويلة كل ليلة تقومين بإرضاعه.

طفل هادئ متى أن قررت الذهاب إلى النوم فانه لا يزعجك بصراخه طوال الليل.

وهكذا لقد كانت الدمية فيها الكثير من الإغراء، والمزايا التي جعلتها تحصد جمهورا وتسوق نفسها

بنفسها فقد كان القليل من الصور كاف لكي تجلب الزبائن.

كما انه يمكنك أن تطلب الدمية عبر الانترنت وتسوف تصلك الطلبية في حفظ وأمان، والتسليم باليد، سواء الطلبيات العادية أو حتى بالطلب السريع.

أرسلت السيدة **أونيرا** في طلب دمية ولكنها أرادتها في عمر صغيرة أي مثل الطفل الرضيع.

شاهدت الصور وقرأت كل المعلومات عن الدمى، لقد بدا الأمر وكأنها تتقدم بطلب للتبني إلى مؤسسة متخصصة في ذلك.

ولكن لا يحدث الأمر مثلما في مؤسسات التبني فالمسئولة لم تطرح عليها أي سؤال شخصي بل

أرسلت لها الألبوم بعد أن سألتها عن:

عمر الدمية

الجنس

عرقها

درجة لون البشرة

لون العيني ولون الشعر

بعد أن أرسلت لها الألبوم بكل صور الدمى المتوفرة في تلك الفئة العمرية طلبت منها أن تختار الدمية التي تريدها والتي تشعر بأكبر إنجذاب إليها.

كما أنها أخبرتها بأنهم بالعادة يطلقون اسما على كل دمية وان كانت لديها رغبة في تغيير الاسم عليها أن تتقدم بطلب ذلك قبل الإرسال لكي يتمكنوا من كتابة الاسم في بطاقة الهوية التي ترافق الدمية.

بعد أن شاهدت السيدة أونيرا كل تلك الدمى الجميلة والرائعة والغريبة أيضا ففيها بعض الدمى كانت غريبة بعض الشيء.

منها من كانت لها ملامح قاسية ومنها الحزينة ومنها السعيدة.

كن قلب السيدة يخفق بقوة وهي تشاهد الصور، في الحقيقة لقد أعجبت لأكثر من دمية ولكنها لم تكن لتستطيع أن تتحمل ثمن أكثر من دمية واحدة.

لقد كان ثمن الدمى مرتفعا جدا، بل كان ثمنها باهض جدا بالإضافة إلى قيمة التوصيل.

اختارت السيدة أونيرا إحدى الدمية ولم تطلب منهم تغيير اسمها لأنها لم يكن لديها اعتراض على الاسم الجميل الذي كان للدمية.

ماريسول

لقد كان اسم الدمية التي اختارتها من بين كل الدمى
"ماريسول"

الدمية الجميلة بالعينين الزرقاء والشعر البني والخدود الممتلئة الوردية جدا والفم الجميل الوردي.

الدمية بالبشرة البيضاء والشعر البني الذي يصل إلى كتفيها.

الدمية ابنة العام وتسعة أشهر.

الدمية صاحبة الملامح الهادئة والابتسامة اللطيفة.

وصلت الطلبية خلال أسبوع إلي بيت السيدة **أونيرا** لقد كانت في انتظارها بكل تشوق ولهفة.

قامت بتجهيز حفلة استقبال لدميتها أو بالأحرى طفلتها ماريسول التي وصلت الساعة العاشرة صباحا.

كانت السيدة قد جهزت المنزل بالكامل وضعت الكثير من الزينة والأزهار والبالونات وكتبت بالحروف.

أهلا بك حبيبتي ماريسول.

أهلا بك في البيت.

أدخلت الصندوق وفتحت على الدمية.

لقد ذهلت برؤيتها على الطبيعة فهذه كانت أول مرة تراها فيها لأنها كانت قد رأتها فقط على الصور فالمحل الذي يبيع الدمى بعيد جدا في بلاد أخرى.

لقد قبلتها كثيرا واحتضنتها كثيرا وكانت سعيدة بل غاية في السعادة.

لقد كانت تفكر في أنها طفلة حقيقية وليست مجرد دمية وكانت تقول في نفسها:

وأخيرا أصبحت لدي طفلة لي

إنها لي

ماريسول حبيبتي أنت لي

سوف اعتني بك يا حبيبتي

سوف أحممك وأغير لك ملابسك، سوف اشتري لك الكثير من الملابس والفساتين الجميلة بكل الألوان.

بكل الألوان التي تحبينها والتي أحبها.

الألوان التي نحبها نحن الاثنتان

سكتت لبرهة ثم أكملت كلامها وقالت:

حبيبتي أتريدين أن تري غرفتك

نعم غرفتك، لقد جهزت لك غرفة رائعة

سوف تعجبك

أنا أعلم ذلك

لقد أخذتها إلى الغرفة لكي تراها وقد كانت تعرض عليها اللعب التي قد ابتاعتها لها، كما كانت تسألها ما إذا السرير قد نال إعجابها.

وبعد ذلك فتحت الخزانة وعرضت عليها بعض الثياب التي كانت قد اشترتها لها قبل وصولها وقالت لها:

انظري يا حبيبتي هذه الثياب قد اشتريتها لك وعندما يمكننا أن نذهب إلى السوق سوية لكي نبتاع كلما ترغبين فيه لأنني كنت احتفظ ببعض المال لأجل ذلك.

ولا تقلقي لدي كرسي الجلوس الخاص بالأطفال في السيارة، سوف تشعرين بالراحة طالما أنت معي هنا.

ثم التفتت إليها وقالت:

هل أنت سعيدة؟

تمعنت النظر فيها وأضافت قائلة:

لما أنت صامتة؟

ثم التفتت أمامها حيث الخزانة وراحت تبحث بين الثياب وقالت:

والآن لقد جاء وقت النوم هيا إلى الفراش يا حبيبتي.

ها قد اخترت لك ثوب النوم.

يجب أن تأخذي قيلولة وبعد الظهر سوف نتنزه في الحديقة.

حديقة بيتنا وسوف آخذك في جولة في كل البيت واعد لنا طعام عشاء مميز.

ألبستها الثياب ثم طبعت قبلة حنونة على وجنتها بعد أن وضعتها في سريرها وبعد ذلك قالت لها وهي تغادر الغرفة:

نوما هنيئا يا حبيبتي على ماما إن تقوم ببعض الأشغال ويجب أن تنظف الفوضى التي أحدثتها حفلة استقبالك يا عزيزتي.

خرجت تلك السيدة من الغرفة وأغلقت الباب وراءها ثم توجهت إلى الصالون وتلك الابتسامة الغريبة لا تفارق وجهها

لقد أكلت من الحلوى التي كانت على الطاولة ثم قامت بالتخلص من كل تلك الزينة ودخلت إلى المطبخ وقامت بتجهيز بعض الطعام.

تناولت الغداء في غرفة الجلوس وهي تبتسم طول الوقت، لقد كانت تلك الابتسامة الغريبة مرسومة على وجهها كل الوقت

وبعد ذلك قامت بغسل الأواني وبعض التنظيف
الخفيف للبيت

جهزت زجاجة حليب ثم قالت:

ما هذا؟

إني اسمع صوت بكاء صغير.

فتركت الزجاجة من يديها وسارعت إلى غرفة الدمية

فتحت الباب وهي ترتجف خوفا ثم قالت:

ما الذي يحدث؟

ما بك؟

دخلت ولم تجد شيئا غريبا

لقد كانت الدمية نائمة في السرير

تنفست الصعداء ثم قالت:

الحمد لله لا يوجد شيء

لقد أخفتني لما كنت تبكين بصوت مرتفع؟

فتحت الستائر وأخذت الدمية من السرير وقبلتها ثم

غيرت لها ثيابها وقالت لها:

ألم أعدك يا حبيبتي بجولة ونزهة هيا بنا

كفاك كسلا

أخذتها وجالت بها في البيت ثم أخذتها في السيارة وتبضعت وهي تتباهى بها وكأنها تحمل طفلة حقيقية حتى أن بعض الناس اعتقدوا بأنها كفلة ومنها من علق وقال:

طفلتك جميلة

فلم تكن ترد عليهم بكلمة واحدة بل كانت تكتفي بالابتسامة فقط.

بعد التسوق من أجل المطبخ عرجت على أحد أجمل محلات الملابس للأطفال واشترت للدمية بعض الفساتين مثلما وعدتها ولكنها كانت تمنع البائعة من أن تقترب من الدمية معتبرة إياها بأنها ابنتها.

وابنتها لا تحب الغرباء، كما أنها لا تحب أن يقترب أي شخص لا تعرفه من ابنتها الصغيرة .

لقد كانت تعتبرها فعلا ابنتها ولم تكن تعاملها كدمية

وبعد أن عادت إلى البيت وهي تحمل الدمية وتتصرف بغرابة.

أدخلت ابنتها أو الدمية أول شيء ثم أدخلت الأغراض التي قامت بشرائها وقد كانت أكياس كثيرة.

وقد كانت تداعب ابنتها كل الوقت وتلقي عليها جميل الصفات، وتتغزل بجمالها وتدللها وتداعبها.

جلست قليلا لكي ترتاح ثم قامت لكي تشرب كوبا من الماء فرأت الزجاجة على الطاولة، زجاجة الحليب التي كانت قد أعدتها للدمية.

عادت من المطبخ وهي تحمل الزجاجة وتصرخ بأعلى صوتها وتقول مخاطبة الدمية:

الم أقل لك ألف مرة أن تشربي الحليب الذي اعد هلك لما تعلين ما تفعلين؟

أليس هذا حليب وهي تشير إلى الزجاجة التي بيدها وتكلم الدمية التي كانت وضعتها في كرسيها الخاص.

وأكملت كلامها وهي تقول:

ماذا؟

ألا تسمعين؟

هل أنت صماء؟

مئة مرة قلت لك أنني أشقى واتعب لكي اشتري لك الحليب وبعد ذلك أنا اتعب لكي احضر لك الرضاعات

وأنت تبكين بلا سبب.

تستمرين في البكاء

فقط تستمرين في البكاء

هذا لا يحتمل.

لما لا تشربين الحليب؟

ولا تتركيني أعيش بسلام.

وجلست على الأرض وقالت:

أنا تعبت ..

لا أعيش بسلام مثلي مثل كل الناس

الناس يرون بأنك لطيفة ولكنك في حقيقة الأمر أنت
شقية، بل أنت لعنة ولست ابنة

لقد جعلتني اكره كل حياتي

الحياة معك أصبحت لا تحتمل

أنا لم اعد أريد هذه الحياة

وراحت تبكي وتبكي بحرقة وسقطت على الأرض بدل
أن كانت جالسة أصبحت شبه نائمة واستمرت بالبكاء
حتى نامت فعلا على الأرض.

لم تصحو حتى منتصف الليل وقد صحت ولم تكن
تتذكر كلما حدث معها

فقامت من مكانها وتوجهت مباشرة إلى غرفتها
واستحمت واعدت فراشها ووجهها متجهم ثم تذكرت
الدمية أو الابنة ربما كانت تتخيل لها بأنها ابنة.

نزلت إلى الطابق الأسفل وأخذت الدمية بدون أن
تجري معها أي تواصل بصري أخذتها إلى غرفتها
وغيرت لها ثيابها وألبستها منامة للنوم وضعتها في

السرير وأغلقت الباب بعد أن أطفأت الضوء وعادت إلى غرفتها.

خلدت تلك السيدة للنوم وهي حزينة، نامت لمدة ساعات، حتى استيقظت فجرا.

استيقظت وقد كانت تسمع بكاء طفل.

وضعت يديها على أذنيها وحزنت كثيرا لقد تأزمت حالتها وبدأت تصرخ ثم خرجت من الغرفة وتوجهت إلى غرفة الدمية.

فتحت الباب بقوة وأشعلت الضوء وهي تصرخ.

لم يكن بالغرفة أي شيء غريب وقد كان الهدوء يغمر المكان لكن بالنسبة لها فقد كانت تسمع البكاء في أذنيها.

توجهت السرير وهي تتصرف بعنف وغضب وأخت الدمية من سريرها وأمرتها بأن تتوقف عن البكاء وهي تقول:

أعطيتك الحب والسعادة.

لم ابخل عليك بشيء.

لماذا تحولين حياتي إلى جحيم.

لقد كانت تبكي وهي تلوم الدمية وتكلمها بطريقة سيئة

لضد تحول غضبها إلى عنف وأصبحت تضربها بعد ذلك رمتها إلى الأرض.

وراحت صرخ عاليا وكأنها تعاني من أزمة وهي تبكي وتلوم الدمية على أنها دمرت لها حياتها.

وبعد ذلك التفت إليها وهي على الأرض.

حملتها وهي تكلمها وتقول لها:

انظري ماذا اشتريت لك

انظري إلى الغرفة التي أعددتها لك

انظري إلى كلما جعلته ملكا لك

لما أنت جاحدة؟

ثم أخذتها وهي تحملها فقط بيد واحدة وكأنها تجرها
من ذراعها ونزلت إلى الطابق الأسفل وأخذتها إلى
حيث وضعت الأغراض التي اشترتها اليوم الماضي
والتي كانت لا تزال في الصالون وقالت:

انظري ما الذي اشتريته لك.

انظري.

أنا لم أحرمك من شيء وأنت تواصلين الصراخ
وتجعلين حياتي جحيما

ثم أخذتها إلى المطبخ وقالت لها وهي تمسكها من شعرها:

انظري إلى الحليب لم تقومي بشربه

لماذا؟

أنت تجعلينني اخسر الكثير من المال.

أنت تجهدينني.

أنت تكبدينني عناء كبيرا ولا تقدرين أي شيء.

وفتحت الخزانة ثم قالت:

نظري..

انظري..

ألا ترين كل زجاجات الحليب تلك؟

أنت لا تتوقفين عن البكاء وتكادي تتسببين لي بالصمم

أنت لم تشربي كل تلك الزجاجات، لقد احتفظت بها لكي تري كيف أنت لست فتاة جيدة.

لكي تري كم أنا اتعب لأجلك وأنت لا تقدرين.

ثم سقطت على الأرض وهي تبكي كثيرا وقد رمتها من يدها على الأرض ووضعت يديها على رأسها لكي تمنع صوت البكاء من الوصول إلى أذنيها.

ثم صرخت وقالت:

لقد قلت لك توقفي.

توقفي عن البكاء.

عندما لم تتوقف الأصوات التي في رأسها أخذت خنجرا وانقضت على الدمية وقامت بتقطيعها وقد كانت ترى الدماء تسيل على الأرض ورأت يديها ملطخة بالدماء وهي تمسح جبينها.

وبعد أن قطعتها إربا إربا أخذت كيسا اسود ووضعتها بداخله، وقامت بمسح الأرضية الملطخة بالدماء، ثم خرجت تتسحب إلى الشارع لكي ترمي الكيس في صندوق القمامة.

وعادت مسرعة إلى البيت وبعد أن أغلقت الباب كانت تشعر ببعض الهدوء والراحة لسببين أولهما لأنها تخلصت من الأصوات والبكاء الذي كان يزعجها وتخلصت من طفلتها.

والسبب الثاني هو لأنها قد تخلصت من الجثة دون أن يراها احد.

ثم انتبهت إلى أن ثيابها ملطخة بالدماء ولكن الأمر لم يكن إلا في خيالها فسارعت لكي تستحم وتتخلص من الثياب المتسخة.

وبعد مرور شهر دق جرس باب تلك السيدة أحد وعندما فتحت الباب كان هناك رجل جاء لكي يحمل بعض الأغراض فأخذته إلى إحدى الغرف وقالت له احمل كل هذا الأثاث انه الأثاث الذي قمت ببيعه فأعطاها مبلغا من المال بعد أن قام بتحميل كل الأغراض وهو وعامل إلى الشاحنة.

لقد بقي في الصالون إلا كنبة واحدة أما باقي الغرفة فكانت شبه خالية ومنها الخالية تماما، فقد كانت تبيع الأثاث شيئا بعد شيء.

وبعد أن غادر الرجل أخذت المال وسارعت إلى الهاتف اتصلت وكانت تقول للمرأة بأنها قد اختارت من الألبوم الدمية ماريسول أنها التي أعجبتني من كل الدمى كما أنها تتوافق مع كل المواصفات التي أريدها.

ثم قالت:

لا.. لا مانع لدي من أن يبق اسمها ماريسول.

وهي تبتسم.

لقد كانت في غاية الفرح والسرور والسعادة.

ثم قالت:

يرجوا إرسالها في البريد السريع وسوف ترسل المال لهم فورا.

وبعد أن أقفلت السماعة قالت:

هناك ترتيبات كثيرة يجب أن أجهز البيت لاستقبال ابنتي ماريسول.

لقد كانت تبيع أثاث بيتها وتشتري نفس الدمية التي تعتقد بأنها ابنتها ثم تدللها لمدة يوم بالكامل، وبعد ذلك تقتلها ليلا.

مصنع الدمى

في مصنع للدمى البلاستيكية الجميلة كان يعمل شابان لقد كانا مجرد عاملان هناك ولكن كان لديهما عمل خاص هما من يقوم به وذلك في السر عن صاحب المصنع.

بل في السر والخفاء عن الجميع.

لقد كان هناك سبب وراء التصرف من ذلك الشابان، العمل السري كان إضافة بعض الرماد في كل عجين، العجين الذي تصنع منه الدمى المادة الولية البلاستيكية.

لقد كانت تلك الذرة من الرماد مهمة جيدا.

لقد كان احدهما يعمل في الخطوات الأولى لصناعة دمية بلاستيكية بينما يعمل الآخر في التعليب.

لذا كان المسئول عن المهمة الخاصة هو ديفيد الذي كان يرتدي نظارات ومئزر أبيض طويل.

لقد كان صاحب نظريات ويحب العمل في المختبر كثيرا.

لقد درس الكيمياء في دراسته وكان يحب التجارب كثيرا.

وفكرة تلك الذرة من الرماد في تجربة قام به هو وصديقه بالإضافة إلى عمل سحري.

لقد قاما بتجربة على جثة رجل ثري وقررا أن يعيدا حظه في المال وان يكون في هذه المرة من نصيبهما هما أي المال.

وقد قاما باخذ عظام ذلك الرجل وأحرقاها وألقيا عليها تلك التعويذة وقاما بمعالجة المسحوق بصعقات كهربائية من أجل إعادة إحياء الطاقة المالية والشهرة التي كانت لديه

وهكذا أصبحت الطاقة بين يديهما وكان عليهما أن يسخراها لنفسيهما.

لقد فكرا في استغلالها في عملهما وقد كان ديفيد متأكدا من أن النتيجة مضمونة.

وبما أنهما لم يكونا صاحبا المصنع فقد فكرا في فكرة كيف لهما أن يستفيدا من مصنع ليس لهما.

لقد كان الشاب الثاني يحب صناعة الثياب ولديه محل صغير للخياطة والتفصيل قد ورثه عن والدته وتركته مثلما هو بكل ما فيها من الآلات وقماش.

وبعد أن فكرا في حل لتكل المشكلة قررا أن يتصرفا بذكاء فأشار ماثيو على ديفيد بمشورة وقال:

لما لا نستفيد من مصنع السيد روس وأيضا أن نستفيد من محل والدتي.

الشاب الأول ديفيد:

ماذا تقصد؟

الشاب الثاني ماثيو:

لما لا نستعمل ذلك الرماد في المصنع؟

ديفيد:

ولكن هكذا سوف تباع كل الدمى وفي تلك الحالة يستفيد صاحب المصنع وليس نحن.

ماثيو:

لا بأس في أن تباع الدمى سوف نستفيد بعد بيع الدمى

ديفيد:

هل أنت تقول ألغازا؟

ماثيو:

لا

اقصد بكلامي أن نقوم ببيع ملابس للدمى وأيضا كل الأغراض التي تمت لها بصلة.

ديفيد:

هل تظن بأن ذلك يوف يجلب لنا مالا؟

ماثيو:

لا أظن بل يجب أن تفعل

اسمع يجب أن نلقي تعويذة أخرى على الرماد قبل أن نضع منه جزء في المصنع.

ديفيد:

لما التعويذة؟

ماثيو:

يجب أن تصبح الدمى متطلبة وأن تتحكم بمالكها لكي يشتري لها كلما نقوم نحن بصنعه ويجب أن تجذبه فقط إلى المحل الخاص بنا وعلينا أن نربط اسم المحل بتلك الدمى بطريقة أو بأخرى لكي نستفيد من المصنع مرتين

لقد أعجب ماثيو كثيرا بتلك الفكرة وقرر أن يعيد عمله من أجل إضافة تعويذة جديدة على الرماد وبالفعل فعل ذلك.

لم يكن الأمر صعب فقد كان ديفيد قادرا على اللقاء التعويذات لأنه قد عرفت كيف تعمل التعويذات فيزيائيا وطاقيا وأيضا كان قد درس الخلطات الكيميائية التي تحدث تحكما في الطاقة وأيضا التي تتحكم في الطاقة.

وبعد أن قاموا بتجهيز الغبار بدأ ديفيد يقوم بعمله في إضافة ذرة غبار على كل مجموعة من الدمى.

بينما قام ماثيو بتجهيز المحل واحضر شابان آخران لكي يعملا لديه احدهما بائع والآخر صانع ملابس.

فكان هو من يقوم بتصميم الثياب والفساتين وأيضا الألعاب الخاصة بالدمى.

لقد كانت هناك العاب للدمى.

وبدأت الدمى الجديدة توضع في السوق والشابان يشعران بالسعادة.

لقد تم التهافت على الدمى الجديدة رغم أنها لم تكن جديدة بل كان هناك منها في السوق ولكن الدفعة الأولى التي تم إنزالها إلى السوق والتي بها أول ذرة قد لقيت إقبالا كبيرا من الجمهور.

لقد كانت دمى محبوبة وبيعت كل الكمية التي تم إخراجها للسوق.

استغرب صاحب المصنع ولكنه كان سعيدا بانتعاش بضاعته وتجارته.

طلب منه ماثيو أن يقبل أن يضع اسم محله لبيع ملابس الدمى على اسم الدمية.

لقد كان صاحب المصنع رجل طيب وافق بدون أن يناقشه وكان يقول يعجبني الشباب الطموح وعلى أن أفسح لهم مجالا للنجاح.

وبمجرد أن أصبح للدمى مالكين جدد حتى أصبحت تطلب منهم الأغراض والثياب.

لقد كانت دمى متطلبة جدا، لكنها لا تتكلم بل كانت تصير على مالكيها وتطلب منهم عن طريق التخاطر.

فكانت لا تشبع من الملابس ولا تشبع من الأغراض المختلفة.

وكانت تسيطر عليهم سيطرة تامة.

فان كان صاحب الدمية طفلا، كانت تؤثر عليه فتحوله إلى طفل متطلب حتى يحقق كل رغباتها عن طريق التحكم في والديه.

وان كان بالغا فإنها تؤثر عليه حتى ينفق على متطلباتهما كلما يمتلك وان نفذت نقوده عمل سوق أو حتى أن هناك من انتحر لأنه لم يجد كيف يلبي رغباته التي هي رغبات دميته التي تمتلكه بينما يعتقد انه يمتلكها.

بفضل تلك التعويذة والرماد أصبح ماثيو يمتلك سلسة محلات لبيع أغراض الدمى وملابسها وأصبح هو وصديقه بالفعل ثريان ومجموع ثروتهما تقارب

ثروة ذلك الرجل الثري الذي استعملا عظامه في التعويذة.

الدمية

سلاح القتل

امرأة تصنع دمية وتلقي عليها تعويذة لكي تدخل فيها
وتقتل دون أن يشتبه بها.

امرأة أرادت أن تدخل إلى عالم الجريمة وقد كانت
تعمل بادي جارد حارسة شخصية لكن الرجل الذي
كانت تحرسه قد تم اغتياله بيمنا هي أصيبت بالكثير
من الجروح.

في البداية كادت أن تفقد حياتها وأيضا كادت أن تفقد
الثقة في نفسها وبعد أن خضعت لعلاج مكثف.

وبعد أن أصبحت بخير قررت أن تعود إلى العمل ولكنها لم تعد تحب العمل في النور ورغم ذلك مازالت لا تجيد علم شيء إلا الحماية أو الهجوم.

لقد كانت لها موهبة رائعة في استعمال السلاح ولم تكن تتوقف عن التعلم لاستعمال أسلحة مختلفة.

لقد كانت هواية غريبة لامرأة لا يقول شكلها الخارجي بأنها حارس شخصي.

لكن الأمر لم يتوقف هناك.

لقد فركت في العودة إلى العمل ولكن أصبح لديها بعض الخوف من أن تقف أمام السلاح ولكنها لازالت تحب العمل في ذلك المجال.

جاءتها بعض عروض العمل ولكنها كانت تتأنى وتفكر كثيرا وقد أصبحت ترى بأن العمل كحارس شخصي أصبح مخيفا.

وبعد عدة أسابيع أخذتها لكي تفكر فيما تفعله.

فتوصلت أخيرا إلى العمل كقاتلة مستأجرة.

لم يكن لديها أي مانع لقتل الناس، لقد تعودت على استعمال السلاح للقتل في حالة الدفاع واعتبرت بأن القاتل المستأجر أيضا يقتل في اغلب الأحيان للدفاع عن النفس.

فهناك من يحتاج قاتلا لكي يقتل شخصا كان يهدد حياته.

لقد كانت لديها الكثير من الأفكار التي تشجعها على العمل في ذلك المجال.

كما أنها اعتبرت القتل عملية مباغتة ومراوغة وليست مثلما تقف في وجه الموت يوميا.

أن تكون أنت القاتل أفضل من أن تقف في وجهه.

وقبل أن توافق على العمل أرادت أن تؤمن الحياة لنفسها هي.

كانت قبل أن يحدث لها ذلك الحادث تعمل عند رجل ثري جدا ولكن كانت فيه خصلة لم تكن منطقية.

لقد كان ذلك الرجل يؤمن بالسحر والشعوذة كثيرا وهذا ما جعلها تفكر هذه المرة على طريقته.

لقد قررت أن تؤمن حياتها ضد الموت رغم أن الرجل كان يفعل ذلك ولكنه بالرغم من ذلك قد مات.

إلا أنها أرادت أن تفعل شيئا لنفسها.

زارت المرأة التي كان الرجل الثري يزورها لأجل الشعوذات وقالت لها:

أريد منك أن تساعديني في التأمين على حياتي

العجوز:

ما الذي تريدينه بالضبط؟

المرأة:

أنا اعمل في مجال القتل ولا أريد أن يمسك بي ولا أن أتورط.

العجوز:

لا تظهري في الأماكن المشبوهة.

المرأة:

بل أريدهم أن يروني ولا يعرفون بأنني أنا.

ولا يكتشفون بأنني الفاعلة.

العجوز:

هل تريدين أن تستعملي قناعا أو غطاء مثلا.

المرأة:

أجل بالضبط

العجوز:

اذن البسي ثوبا ليس ثوبك

ثوب يغطيك بالكامل

واقتلي من تريدين

المرأة:

كيف

العجوز:

خذي هذه الخلطة وافعلي ما أقوله لك بالضبط وسوف تعرفين الطريق الذي يجب أن تسيري فيه.

لو كان يجب أن تصبر على الخطة لمدة أسبوع بالكامل.

ولا تستغربي الأصوات التي تسمعيها في بيتك.

يجب أن تؤمني بما تقومين به واتبعي الإرشادات إن وجدت إليك.

المرأة:

لست افهم

العجوز:

لا داعي للقلق

بمجرد أن تبدئي في السير في الموضوع وإقامة الطقوس سوف تصبحين قادرة على الشعور بالإرشادات.

المرأة:

حسنا

العجوز:

خذي هذه الأغراض واسمعيني جيدا.

المرأة:

حاضر

أخذت تلك المرأة الأغراض وكتبت التعويذة على ورقة مهمة واحتفظت بها في مكان مهم نظرا لمدى أهميتها.

وهكذا بعد أن غادرت كان كلما يشغلها وتفكر فيه هو كيف سوف يسير الأمر.

وبعد يومين بدأت الأمور تتضح.

وقد كانت تسير على التعليمات من نوع الغذاء الذي يجب أن تتناوله والصلوات التي تقدمها مع القمر الذي يتوسط السماء.

وأيضا بعض أمور أخرى.

لقد كلب منها أيضا أن تختطف حيوانا أليفا وان تقوم بقتله وهذا ما فعلته.

بعض الأمور كانت سهلة الانجاز والبعض كان يحتاج
وقتا.

وبعد أربعة أيام وجدت بأنها تفكر في فكرة غريبة لقد
ذهبت إلى السوق وقامت بشراء ماكينة خياطة وقماش
وشعر مستعار وبعض أغراض الخياطة من خيط وابر
وغيرها.

وبعد عودتها إلى البيت وهي لم تكن تعرف كيف
يمكنها أن تضع حتى الخيط في الإبرة وجدت نفسها
تضع الماكينة وتقوم بتفصيل القماش وتقوم بخياطة
شيء ما.

وبعد ستة ساعات وهي منهمكة في عملها وجدت بأنها
قد صنعت دمية من القماش.

لقد صنعت دمية جميلة جدا بكل تفاصيلها.

ولم تعلم لا كيف قامت بخياطتها ولا لما فعلت ذلك؟

هي لم تكن محبة للدمى منذ أن كانت طفلة صغيرة بل كانت تميل إلى العاب الذكور.

وفي اليوم السابع قررت أن تقوم بإلقاء تلك التعويذة على الدمية بينما لم تكن تعلم لما وما قد يحدث.

لقد وضعت الدمية على الطاولة وقرأت تلك الكلمات وهي تشعل شمعة والبيت كله مظلم.

بعد أن قرأتها شعرت وكأن قلبها قد توقف وفجأة وجدت بأنها أصبحت داخل الدمية التي أصبحت صلبة أي لم تعد مجرد قماش بل أصبحت اقرب إلى الجسم البشري فجالت بها وأخذت جولة وهي داخلها.

لقد كان الأمر ممتعا

خرجت من باب المطبخ الذي كان مفتوحا لأنها لم تستطع أن تخرج من الباب الأمامي الذي كان محكم الإغلاق

وتوجت إلى أماكن عدة منها بيت جيرانها فأمكنها أن تتنصت على الناس.

ودخلت إلى بيت جارها من نافذة كانت مفتوحة وشاهدته وهو يمرح مع ضيفة كانت عنده في بيته.

وبعد ساعتين من التجول خارجا وهي تختبئ عن الناس والكلاب شعرت بالتعب فرجعت إلى البيت.

في الصباح استيقظت ولم تعلم كيف خرجت من الدمية.

اعتقدت في البداية بأنها كانت تحلم لكنها لم تكن كذلك لقد دخلت روحها في الدمية وتجولت بها كما شاءت.

قررت أن تستعمل تلك الحيلة في القتل.

أن تقتل وهي في جسد دمية.

وهكذا اكتشفت طريقا للقتل وكان سلاحها مختلفا عن كل أسلحة القتلة المستأجرين.

لقد كان سلاحها للقتل دمية.

يمكنها أن تذهب باستعمالها للقتل ولكن يجب أن تتواجد هي بالقرب منها لكي تتحول.

أي أن الدمية لا تستطيع أن تقطع مسافات طويلة لذا يجب أن تقترب من الهدف ثم تنتقل إلى الدمية لكي تجعل الأمور أيضا سهلة على دميتها.

وهكذا أصبحت من أشهر القتلة المستأجرين وأكثرهم طلبا في السوق وأيضا من الذين يتقاضون اكبر المبالغ

ولم تكن كل القضايا تكتثف ولا المعضلات التي تحدثها تفهم ولم يكتثف أمرها أبدا.

الدمية المشعوذة
ومحل الأنتيك

كانت هناك دمية معلقة على باب محل الأنتيك وهي بشعة الوجه كثيرا وليست جميلة ولها شعر ابيض، وترتدي ثيابا بالية

الشخص الذي كان يبيع في محل الأنتيك كان شابا بسيطا ولا يكثر الحديث، يرد على قدر السؤال وأحيانا لا يرد.

وفي يوم دخلت إليه فتاة فسألته أن يبيعها الدمية.

أخبرها بأنها ليست للبيع وغضب كثيرا.

لم يكن سؤاله يدعو للغضب أو القلق وكل ذلك التوتر ولك الحال كان كذلك.

لقد تضايق كثيرا وكان يريد منها أن تغادر المحل لكنها أبت فعل ذلت.

ثم طلبت منه يظهر لها وجه تلك الدمية ولكنه كان مغطى قليلا إلا انه رفض رفضا قاطعا.

لقد اخرج الفتاة من المحل بصعوبة فقد كانت فتاة فضولية.

وبعد أن أغلق المحل وحل الظلام حدث أمر غريب داخل ذل المحل.

لقد كان الشاب يعيش في المحل ولا بيت له.

ولكن الغريب ليس هنا بل لقد تحول الشاب إلى دمية صغيرة من خزف وتحولت تلك الدمية العجوز إلى امرأة عجوز ساحرة وبوجه قبيح.

لقد كانت هي صاحبة المحل وذلك الشاب مجرد لعبة حولتها إلى بشري لكي يخدمها خلال النهار فهي ملعونة وتتحول إلى دمية مع طلوع كل شمس.

الدمية

روح الدجاجة

كان الجد برانت يعيش في مزرعة لوحده ولكن الغريب هو أنه كان يأخذ الطعام كل يوم إلى الإسطبل، ليس لكي يتناوله بل لكي يعطيه لشخص ما.

لم يكن الطعام الذي في أواني وصحون وكوب وصينية من أجل الحيوانات بل من أجل شخص يعيش في الإسطبل، والإسطبل كان خاليا من الأحصنة وليس هناك الكثير من الحيوانات إلا بعض دجاجات وديك.

كان الطعام من أجل حفيدة له تعيش في غرفة تحت ارض الإسطبل وهي أشبه بالسجن.

لم تكن تلك الفتاة ترى النور ولا تخرج والسبب وراء أن الجد يسجنها هناك هو حالتها.

لقد كانت الفتاة مسخا وتوفيت والدتها وهي تلدها وقد ولدتها في الإسطبل ذاته وبطريقة وحشية فقد تمزقت الأم حين الولادة لأن الجنين هو من مزقها فقد كانت الطفلة حين ولدت بظافر طويلة وأسنان ولم تكن مثل كل الأطفال.

ومن قام بتوليدها هو والدها كما أنه قد قام بدفنها فور وفاتها ولم يخبر أحد بما حدث معه.

أراد الجد برانت أن يدفن تلك الطفلة مع والدتها، بل أراد أن يقتلها ويتخلص منها ولكنه أشفق عليها حيث كانت تظهر بريئة ولا ذنب لها فيما حدث لها ولوالدتها.

إنها في النهاية مجرد طفلة.

الطفلة كانت مسخا لأنها أيضا كانت بعين واحدة.

كانت لديها عين واحدة ولكنها في الوسط وهذا ما جعل الجد يخفيها عن الناس لكي لا يسخروا منها ويتنمروا عليها.

لقد كان يعلم بأنها بهذا الشكل سوف تعيش تعيسة جدا بل سوف تكون في نظرهم مسخ ومخلوق وليست بشر.

بعد أن قرر أن يحتفظ بها جهز لها الإسطبل فهو لم يكن يستطيع أن يضعها في بيته وفي تلك الحالة أن زاره أي شخص سوف يكتشف بأن لديه حفيدة ولن يستطيع إخفائها فيما بعد.

مرت السنوات حتى أصبحت الفتاة في سن الرابعة عشر ولكنها كان بتفكير اقرب للأطفال وجسمها لم ينمو كثيرا لأنها لم تكن ترى الشمس أبدا ولم تستنشق الهواء النقي

لقد عاشت كل حياتها في تلك الغرفة التي حاول جدها ان يجعلها مناسبة لها.

فكان يحضر لها ألعابا وأيضا أوراق للرسم وأقلام

الشيء الوحيد الذي حرمها منه هو المرآة لقد أخفى عن المرأة لكي لا تعرف بأن شكلها يختلف كثيرا.

في إحدى المرات سألته لما للأرنب الصوفي الذي لديها عينان مثله هو وهو أيضا له عينان وهي لها عين واحدة

فأخبرها الحقيقة.

في البداية كان يقول لها أنها مختلفة لأنها هي فتاة وهو رجل وقد كان يعلمها ويدرسها أحيانا وحين يمرض يتوقف عن تعليهما.

لقد كان يعتني بها يوميا ويتحدى المرض والظرف والأحوال الجوية لفعل ذلك.

وعندما بلغت عشرة سنوات أخبرها بالحقيقة وأخبرها بأن الناس سوف يسخرون منها إن هم رأوها.

لقد كلمها أيضا عن الأرض والحياة والموت والبشر.

كان يلقنها العلوم ويحاول أن يجعل منها إنسانا متكاملا.

في يوم لم يأت صباحا إليها كالعادة، ومر يوم ويومان ولكنه لم يظهر.

لم تكن تلك عادته ولا طبيعته، لقد علمت بأن هناك أمر غريب فهو حتى عندما يكون مريضا كان يأتيها بالطعام، وأيضا عندما يكون الثلج يتساقط.

تساءلت:

هل هو مريض؟

هل هي تثلج؟

انتظرت، وانتظرت ولكنه لم يأت

لقد شعرت بالحزن والوحدة وأيضا بالجوع.

مر أسبوع بالكامل ثم قررت أن تخرج بعد أن كانت
مترددة.

فتحت الباب العلوي لغرفة الإسطبل والوقت كان قبل
الغروب، لم تجد أحدا بالمكان إلا تلك الدجاجات.

تسللت تحت السماء الواسعة لتصل إلى البيت وقد
كانت قد شاهدت صور البيت من قبل التي كان قد
احضرها إليها جدها.

وأيضا صور المدينة ووالدتها وبعض الذكريات
الجميلة التي تشاركها معها.

الأمر الوحيد الذي لم يخبرها به هو من هو والدها ولا كيف ماتت والدتها، ولكنه اخبرها بأنها توفيت أثناء الولادة وهو من قام بدفنها لأنه لم يكن يريد أن يراها احد.

عندما وصلت إلى البيت لم تستطع أن تفتح الباب، حاولت كثيرا ومع باب المطبخ أيضا حتى رأت إحدى النوافذ مفتوحة فدخلت منها.

لقد كانت الرائحة قوية وهي تنادي على جدها:

جدي جدي

صعدت إلى الطابق العلوي حيث كانت الرائحة أقوى وعندما دخلت إلى غرفة جدها بعد عدة غرف وجدت أمرا جعلها تعاني من الإغماء والأوفياء.

لقد قامت بعد قليل وتذكرت بأنها قد وجدت جدها ميتا.

قامت وقررت أن تقوم بدفنه.

وضعت عليها غطاء السرير والفراش وقامت بربطهم بالكثير من الشرائط التي قصتها من الشراشف والستائر، ثم قامت بسحبه عبر السلالم وأخرجته من البيت.

وبعد ذلك قامت بحفر حفرة ليست بالعميقة بينما هي تحفر شعرت وكأنها سمعت صوتا فواصلت عملها غير أبهة بما سمعت.

وبعد أن رمت بجدها داخل الحفرة سمعت الصوت من جديد وبدأت الأشياء تتحرك بجانبها.

بسرعة ألقت التراب فوق جدها ثم هربت ولكن ذلك الشيء الذي لم يكن مرئيا قد لحق بها وأخافها حتى الموت.

فسألت:

من هناك؟

من أنت؟

الشبح:

اجعلي لي جسما أعيش فيه

الطفلة دامي:

ماذا؟

الشبح:

اصنعي لي دمية أعيش فيها وأصبح صديقتك

دامي:

ولكن أين أنت؟ أنا لا أراك

الشبح:

لا يمكنك أن تريني فلو رأيتني سوف تضحكين وتسخرين مني.

عندما سمعت الطفلة دامي تلك الكلمات شعرت بالحزن على ذلك المخلوق الذي يخاف من السخرية مثلها.

فقالت:

حسنا

هيا بنا

هيا معي إلى البيت.

لدي فكرة وسوف اصنع لك دمية جميلة.

الشبح:

هيا وسوف أساعدك.

ذهبت دامي إلى البيت، وقد كانت قد رأت المقص في البيت حيث استعمله لقص الشراشف والستائر كما أنها قد رأت بأن قماش الستائر والشراشف سوف يفي بالغرض.

قامت الطفلة دامي بصنع دمية من القماش وذلك الشبح الذي لا تراه يساعدها وأحيانا يشير عليها ببعض الأمور لكي تصنع له دمية جميلة.

وعندما أنهت الدمية كان ينقصها شعر فأخبرتها بأنه لا تريد أن تكون صلعاء بل هي تريد شعرا جميلا مثل ضفائرها هي.

فقالت الطفلة دامي:

خذي إحدى ضفائري

قامت بقص الضفيرة وقامت بخياطة الضفيرة على رأس الدمية.

في تلك الحالة قال لها الشبح والآن جاء دور المعجزات في المرحلة الثانية.

دامي:

ماذا تقصدين؟

الشبح:

الآن احضري دجاجة

دامي:

دجاجة؟

الشبح:

نعم دجاجة هيا سوف أساعدك في إحضارها.

الدجاج نائم في هذه الوقت ولن يتعبها في اصطياد واحدة.

دامي:

ولما؟

الشبح:

عندما نحضرها سوف أخبرك.

وبعد أن احضروا الدجاجة طلب الشبح من الطفلة أن تضع الدجاجة والدمية داخل الفرن وان تشعل عليهما

النار إلى أقصى درجة وطلبت منها الذهاب إلى النوم
وقالت لها:

نلتقي صباحا

في الصباح افتحي الفرن ولا تفتحيه قبل ذلك.

تصبحين على خير.

قامت الطفلة بفعل كلما طلبه منها ذلك الشبح وخلدت
إلى النوم وقد تركت الفرن على اعلي درجة حرارة
وبداخله الدمية والدجاجة.

في صباح اليوم التالي وعندما قامت الطفلة التي لأول مرة تنام في بيت وليس في سجنها في الإسطبل.

قامت وبعد أن تذكرت كلما حدث معها لم تكن حزينة على جدها بقدر ما أنها كانت سعيدة بصديقتها الجديدة نادت عليها ولم تجده وبعد ذلك توجهت مباشرة إلى الفرن وهي متحمسة جدا.

فتحت الفرن وإذا بالدمية التي صنعتها تقفز من الفرن ولم تكن هناك الدجاجة بل الدمية لوحدها.

ولم يكن الفرن متسخا ولا فيه دماء ولا أي شيء غريب كما أن النار قد كانت مطفأة وكأنها لم تتركه على الحرارة العالية ليلة البارحة.

قفزت الدمية من الفرن وقالت:

مرحبا

ها قد التقينا مرة أخرى

هيا اطلبي ما تريدين

تمني أمنية وسوف أحققها لك

اطلبي ما تشائين

اطلب طلبا واحدا وسو أحققه لك

كانت الطفلة سعيدة جدا بتلك الصديقة الجديدة وبتلك الدمية التي أصبحت حية، ففكرت فيما ستطلبه ثم قالت:

أريد عينا أخرى

أريد أن تكون لي عينان.

أريد أن أصبح مثل جدي وأمي وككل البشر.

لدي عينان لأنني كنت أخاف أن يسخر مني الناس ويتنمروا علي لذا كنت أعيش في الإسطبل.

لقد كانت تلك الدمية التي أصبحت حية تمتلك قوة كبيرة لذا كانت قادرة على إن تجعل للطفلة عينان.

لقد قالت لها توجهي إلى المرأة وانظري لكي تري كيف أنت.

ثم أغمضي عينك واحسبي حتى عشرة وافتحي.

فعلت الطفلة دامي ما طلبت منها الدمية وعندما فتحت عينيها وجدت بأنها أصبح لها عينان اثنان.

لقد أصبح شكلها جميل جدا.

أصبحت تشبه والدتها.

كانت تنظر إلى المرآة ثم إلى الدمية وتقول لها:

أصبح لدي عينان.

نظرت إلى الصور المعلقة والموضوعة على الطاولة هناك وكانت تكلمها وتقول:

انظر يا جدي أصبح لي عينان.

أصبح لي عينان

انظري يا أمي أصبح لي عينان

أصبح لي عينان

لقد أصبحت تلك الطفلة سعيدة جدا وعاشت كل حياتها في تلك المزرعة مع دميتها التي كانت تصبح جامدة ولا تتحرك عندما يكون هناك شخص ما قريب منهم ولكنها تتكلم معها وتلعب وتضحك وترمح عندما تكونان لوحدهما.

لقد أصبحت الطفلة تعتني بالدمية في السر عن الناس كما فعل جدها الذي كان يعتني بها هي في السر.

ولكن الدمية كانت تفقد طاقتها كل سنة فتعيد الطفلة
وضعها في الفرن مع دجاجة لمدة ليلة كاملة على اعلي
حرارة وتجدها بصحة جيدة وبكل قوتها في صباح
اليوم التالي.

دمية

السحر الأسود

كان هناك بعض الفتيات يدرسن في المدرسة الثانوية،
ويلعبون كرة التنس.

بين هؤلاء الفتيات بنتان كرستين وسوزي متخاصمتان
ومتنافستان وتغاران من بعضهما كثيرا.

لقد كانتا في نفس السن وتقريبا لهما نفس الشكل
وتتمتعان بصفات جمال متقاربة.

وفي يوم كانت هناك مباراة تنس فكانتا تلعبان ضد بعضهما، وهنا بدأت المشاكل وبدأت قصة الانتقام التي أدت إلى نتائج وخيمة.

لقد تغلبت سوزي على كريستين، وهنا انهارت كريستين ولم تتحمل الخسارة، لقد كانت تتمنى لو أنها تقضي على سوزي وان تختفي من حياتها.

لقد كانت متضايقة جدا من وجودها معها في نفس المكان ونفس المدرسة ونفس الحي.

انهارت كريستين وتعرضت لأزمة نفسية وحبست نفسها في البيت لمدة أيام وهي لا تخرج من غرفتها.

لم تكن تفكر في الخسارة التي تعرضت لها على أنها مجرد لعبة بل كانت تفكر في رد فعل الشاب نيكولاس الذي كانت كلتا الفتانين واقعتان في حبه.

لقد كانت تحبه كريستين كثيرا وكذلك سوزي التي كانت تتباهى بفوزها بالمباراة أمامه لكي تنال إعجابه.

بينما كانت كريستين تشعر بالعار لأنه خسرت المباراة أمام سوزي بالذات.

لذا فان الكراهية التي تكنها كريستين لسوزي هي مشاعر مضاعفة، وهي تغار منها لعدة أسباب.

قبيل بدء تلك المباراة قالت لهما إحدى الفتيات الأخريات لما لا تتنافسان ومن تفوز بمباراة التنس تفوز بنيكولاس أيضا.

وبعد أن خسرت كريستني فقد كانت تفكر بأن سوزي لم تفز بالمباراة فقط بل فازت بنيكولاس أيضا.

فالاتفاق كان بأن تتخلى عنه الخاسرة بينما سوف تفوز الفائزة بحبه وأيضا بالخروج معه.

كل تلك الأمور قد جعلت كريستين تعاني من حالة صعبة وكلما تذكرت نيكولاس تأزمت حالتها أكثر، لقد أصبحت تحقد على سوزي أكثر بكثير، بعد المباراة الأخيرة.

ومن أجل أن تخرج كريستين من تلك الحالة قررت والدتها التي كانت تجهل الأسباب أن ترسلها إلى عمتها في البرازيل لكي تبتعد عن الأسباب أو تغير الجو العام.

تعيش كريستين ووالدتها في فلوريدا ولكن عمتها الوحيدة كانت تعيش في المكسيك وعندما سمعت بأنها تعاني من أزمة نفسية طلبت من والدتها أن ترسلها إليها.

ولكي تأخذ فترة للراحة والنقاهة وربما تستعيد نشاطها وترجع في حالة نفسية أفضل.

أخبرت كريستين التي كانت شبه منهارة عمتها بما حصل، وبكل التفاصيل، كما أنها قد أخبرتها عن مشاعرها تجاه سوزي وحقدها عليها الذي يملأ قلبها.

لقد كانت تلك العمة الوحيدة التي لديها كما أن والدتها لم تكن لديها عائلة لذا كانت كريستين ووالدتها حريصتان على إبقاء العلاقة جيدة بالعمة التي هي عائلتهما الوحيدة.

بعد أن قضت كريستين أيام في بيت عمتها وقبل أن تقرر العودة إلى بيتها أهدتها عمتها دمية.

وقالت لها:

سوف تساعدك هذه الدمية.

كريستين:

كيف تساعدني؟

العمة:

إن شعرت بالغضب أو الحزن اعتبريها سوزي

فرمت كريستين الدمية من يدها وقالت:

لا أحب أن اسمع اسمها فكيف تريدين أن أطلق على هذه الدمية اسم سوزي.

العمة: (وقد حملت الدمية بين يديها)

لا تكوني سريعة الغضب يا كريستين

كريستين:

ولكني لا أحبها يا عمتي

العمة:

استمعي إلي جيدا

لا يجب أن تتصرفي هكذا، أن تصرفاتك هذه جنونية

كريستين:

هل تنعتيني بالجنون يا عمتي؟

العمة:

لا لست أنا ولكن الناس سوف ينعتوك بمثل هذه الألفاظ

كريستين:

ولكن..

العمة:

لا تقولي ولكن، لقد أحضرت لك هذه الدمية لكي تساعدك على التحكم في أعصابك.

كريستين:

تساعدني، كيف ستساعدني؟

إنها مجرد دمية.

العمة:

لا ليست مجرد دمية، خذيها وسوف أخبرك بقصتها.

كريستين: (وقد أمسكت الدمية عن عمتها)

حسنا يا عمتي.

العمة:

أطلقي على هذه الدمية اسم سوزي

كريستين:

اسميها سوززي

العمة:

ليس فقط هذا، بل اعتبريها سوزي حقا

كريستين:

ولما علي فعل ذلك؟

العمة:

هكذا سوف تساعدك على التحكم في غضبك والسيطرة على أعصابك.

اعتبريها سوزي وأنت تتحكمين بها.

لا تسيء إليها بل عامليها بكل احترام.

كريستين:

وماذا استفيد أنا.

العمة:

سوف تتعلمين كيف تتعاملين مع سوزي في الحقيقة ولن يسيء الناس إليك ولن تسيء التصرف معها لذا لن ينعتوك بأبشع الألفاظ.

ولن يعتبروك مجنونة، فتصرفاتك سابقا كانت تشبه تصرفات المجانين وقد كانت والدتك تستشيرني لكي ترسلك إلى مصحة نفسية.

كريستين:

مصحة نفسية؟

العمة:

أجل

لذا أنا أرى انه يجب أن تتعاملي مع غضبك.

كريستين:

كيف؟

العمة:

كما أخبرتك، وليس فقط هذا بل يجب أن تعتبريها حية وان تعامليها باحترام لكي تتعلمي التكلم في نفسك ولكن

هناك شيء آخر وهو الأكثر أهمية في الدمية.

كريستين:

وما هو؟

العمة:

يجب أن تتمني لو أنها حية.

كريستين:

من الدمية؟

العمة:

أجل الدمية، أن لديك الكثير من الطاقة التي تصاحب الغضب لذا يجب أن تستغليها.

اجلسي أمام الدمية وتمني لو أنها حية.

بثي فيها الحياة.

كريستين:

لماذا؟

العمة:

لكي تتعلمي الصبر فهي لن تصبح حية في يوم وليلة لذا كأنك تتمني حصول أمر يحتاج إلى الصبر لكي يحصل.

كريستين:

وماذا بعد؟

العمة:

سوف تتعلمين منها الصبر والسيطرة على الغضب وأيضا سوف تعاملينها باحترام فتعلمك كيف تحترمين سوزي. الحقيقية.

كريستين:

إنها فكرة جيدة

العمة:

إنها ليست فكرة بل هو أسلوب.

كريستين:

أسلوب

العمة:

أجل أسلوب طبي وسوف يأتي بنتائجه

أنا متأكدة

كريستين:

حسنا

العمة:

هناك شيء آخر

كريستين:

ماذا؟

العمة:

اعتني بالدمية جيدا إنها مثل ابنتي

إنها من رائحتها أيضا

كريستين:

هل كانت لابنتك الراحلة؟

أظن أن ابنتك كان اسمها سوزان.

العمة:

أجل كنت ادلعها باسم سوزي

هذه دميتها وأنا أحبها مثل ابنتي

لقد عالجتني من فقدان ابنتي ولكنها لم تعدها لي

لذا أريدها أن تعالجك أنت أيضا فربما تعيدك إلى.

كريستين:

تعيدني

العمة:

نعم نعم اقصد في المرة القادمة حين تزورينني

كريستين:

هل أعيدها لك عندما أتي لزيارتك؟

العمة:

لا تقلقي لذلك

أخذت كريستين الدمية وعادت إلى بلادها وقد كانت تعتني بها في الطريق وتعاملها مثلما أخبرتها عمتها، حتى أن عمتها عندما كانت تودعها في المطار أشارت لها بأن احتضني الدمية وقد فعلت ذلك.

قبل المغادرة كانت العمة حريصة على ابنة أخيها بأن تتمنى كل ليلة أن تصبح الدمية حية لكي تعرف كيف ستتعامل معها كما أنها طلبت منها أن تتمنى من صميم قلبها.

لم تكن الدمية عادية بل كانت سحرية، لقد كانت دمية ملعونة، ومن ألقى عليها اللعنة هي العمة ذات نفسها.

لم يكن ما فعلته العمة من أجل ابنة أخيها ولا لمصلحتها بل كانت تفعل ذلك لأجل أمر آخر.

وبعد مرور شهرين وقد كانت العمة تنتظر نتيجة عملها، لقد كانت كريستين مداومة على ما قالته لها عمتها وقد أصبحت أكثر هدوء وتحاول أن تمتص غضبها وتتنفس عنه في البيت.

لقد أصبحت تتعامل مع سوزي بطريقة جيدة أمام الناس ولكن عينيها تمتلئ بالطاقة السلبية طاقة الحقد والكره.

وكلما عادت إلى البيت كانت تتجه مباشرة إلى غرفتها وتغلق الباب عليها، تجلس مع الدمية وتنفجر غضبا.

كانت تصرح لكي تخرج الغضب وأحيانا تتحاشى أن
تنظر إلى الدمية وعندما تتذكر كلام عمتها كانت
تستجمع قواها وتنظر إليها في عينيها وتقول لها:

سوزي أيتها الدمية

أنت مجرد دمية

عودي إلى الحياة

لما لا تعودين؟

هيا يجب أن تصبحي حية وسوف نرى من منا سوف
تتغلب على الأخرى.

لما أنت جامدة، الم تكوني تتباهين بنفسك قبل قليل.

ثم قالت وهي تصرخ بأعلى صوتها:

هيا عودي إلى الحياة.

عودي إلى الحياة.

عودي.

واصلت كريستين على ذلك المنوال لكل تلك الفترة وقد أصبحت الدمية تنتفخ وتزيد حجما ولكن كريستين لم تكن تلاحظ ذلك بشكل جيد بل أحيانا كانت تنعتها بالبدينة.

كما أن عيون الدمية قد أصبحت سوداء جدا.

وفي يوم وقد جرى نقاش حاد بين كريستين وسوزي عن نيكولاس وقد طلبت سوزي منها أن تبتعد نهائيا عن نيكولاس، وليس فقط هذا لقد قالت لها:

ابتعدي عن طريق نيكولاس.

انه حبيبي ونحن الآن متحابان.

ألا تفهمين؟

أخرج من حياتنا

إياك أن أجدك ترمقينه بتلك النظرات.

حاولت كريستين أن لا تتورط مع سوزي في الكلام وخاصة ان جميع التلاميذ كانوا يحدقون بها.

فانتفخت وانفجرت في البيت في وجه سوزي الدمية.

والغريب والأمر الذي حصل هو أن الدمية قد انفجرت وخرج منها محلول اسود يشبه السواد الذي كان في عينيها.

وفي اليوم الموالي دخلت والدة كريستين إلى غرفة ابنتها لكي توقظها ولكنها تفاجأت بما وجدت.

لم تجد ابنتها في غرفتها ولا في كل البيت

ومن حالة الغرفة عرفت بأن ابنتها لم تنم في سريرها ليلة البارحة لأن السرير كان مرتبا.

لقد اتصلت بالشرطة وبلغت عن اختفاء ابنتها.

منذ ذلك اليوم لم يتم العثور على كريستين والتي اعتقدت والدتها والشرطة أيضا بأنها قد هربت من البيت لأن التحقيق قد كسف بأنها كانت تعاني من أزمة نفسية ومشاكل في المدرسة.

لقد القي باللوم على والدتها التي لم تخضعها لعلاج نفسي وهذا قد أزم حالة والدتها التي كانت تلوم نفسها فانتحرت، وقد لامها المجتمع الذي كانت تعيش فيه فلم تتحمل نظرات الأولياء لها.

في اليوم الذي اختفت فيه كريستين طرق شخص ما باب بيت العمة وقد رن الجرس ثلاث رنات وهذا ما جعل العمة تقفز من مكانها وتجري باتجاه الباب لكي تفتح وقد كانت تعرف من على الباب.

فتحت العمة الباب لكي تجد ..

لقد وجدت فتاة ملطخة ثيابها باللون الأسود وهي متسخة وتلبس فستان ازرق يشبه الفستان الذي كانت ترديه الدمية سوزي.

فتحت لها الباب وقالت لها:

لقد عدي يا سوزي

لقد عدت يا ابنتي

كنت في انتظارك وكنت أعلم أنك سوف تعودين لي يوما.

وان كنت لم تعودي قبل عشرين عاما عندما ترجيتك للعودة ولكنني وأخيرا وجدت السبيل لإعادتك.

لقد عدت.

الفتاة:

أنا متعبة يا أمي وسقطت في خضن والدتها.

لقد استعملت العمة غضب كريستين لكي تعيد ابنتها إلى الحياة.

Sommaire